1998—2006
"中华古诗文经典诵读工程"顾问
（以姓氏笔画为序）

王元化·汤一介·杨振宁·张岱年·季羡林

"中华古诗文经典诵读工程"指导委员会

名誉主任◎南怀瑾

主　　任◎徐永光

"中华古诗文经典诵读工程"全国组委会

主　　任◎陈越光

总 策 划 ◎ 陈越光

总 创 意 ◎ 戴士和

选 编 ◎ 中国青少年发展基金会

注 音
◎ 中国文化书院
注 释

注释小组 ◎ 尹 洁（子集、丑集）　刘 一（寅集、卯集）

杨 阳（辰集、巳集）　丛艳姿（午集、未集）

黄漫远（申集、酉集）　方 芳（戌集、亥集）

注释统稿 ◎ 徐 梓

文稿审定 ◎ 陈越光

装帧设计 ◎ 陈卫和

十二生肖图绘制 ◎ 戴士和

诵 读 ◎ 喻 梅　齐靖文

审 读 ◎ 陈 光　李赠华　黄 丽　林 巧　王亚苹

吕 飞　刘 月　帖慧祯　赵一普　白秋霞

中华古诗文读本

午集

中国青少年发展基金会　　编

中国文化书院　注　释

陈越光　总策划

中国大百科全书出版社

致读者

这是一套为"中华古诗文经典诵读工程"而编辑的图书，主要有以下几个特点：

1. 版本从众，尊重教材。教材已选篇目，除极个别注音、标点外，均以教材为准，且在标题处用★标示；教材未选篇目，选择通用版本。

2. 注音读本，规范实用。为便于读者准确诵读，按现代汉语规范对所选古诗文进行注音。其中，为了音韵和谐，个别词语按传统读法注音。

3. 简注详注，相得益彰。为便于读者集中注意力，沉浸式诵读，正文部分只对必要的字词进行简注。后附有针对各篇的详注，以便于读者进一步理解。每页上方标有篇码。正文篇码与解注篇码标识一致，互为阴阳设计，以便于读者逐篇查找相关内容。

4. 准确诵读，规范引领。特邀请中国传媒大学播音主持艺术学院的专家进行诵读。正确的朗读，有助于正确的理解。铿锵悦耳的古诗文音韵魅力，可以加深印象，帮助记忆，从而达到诵读的效果。

5. 科学护眼，方便阅读。按照国家2022年的新要求，通篇字体主要使用楷体、宋体，字号以四号为基本字号。同时，为求字距疏朗，选用大开本；为求色泽柔和，选用暖色调淡红色并采用双色印刷。

读千古美文　做少年君子

20 多年前，一句"读千古美文，做少年君子"的行动口号，一个"直面经典，不求甚解，但求熟背，终身受益"的操作理念，一套"经典原文，历代名篇，拼音注音，版本从众"的系列读本，一批以"激活传统，继往开来，素质教育，人文为本"为己任的教师辅导员，一台"以朗诵为主，诵演唱并茂"的古诗文诵读汇报演出……活跃在百十个城市、千百个县乡、几万所学校、几百万少年儿童中间，带动了几千万家长，形成一个声势浩大的"中华古诗文经典诵读工程"。

今天，我们再版被誉称为"经典小红书"的《中华古诗文读本》，续航古诗文经典诵读工程。当年的少年君子已为人父母，新一代再起书声琅琅，而在这琅琅书声中成长起来的人们，在他们漫长的一生中，将无数次体会到历史化作诗文词句和情感旋律在心中复活……

从孔子到我们，2500 年的时间之风吹皱了无数代中华儿女的脸颊。但无论遇到什么，哪怕是在历史的寒风中，只要我们静下心来，从利害得失的计较中，甚至从生死成败的挣扎中抬起头来，我们总会看到一抹阳光。阳光下，中华文化的山峰屹立，我们迎面精神的群山——先秦诸子，汉赋华章，魏晋风骨，唐诗宋词，理学元曲，明清小说……一座座青山相连！无论你身在何处，无论你所处的境遇如何，一个真正文化意义上的中国人，只要你立定脚跟，背后山头飞不去！

陈越光

2023 年 1 月 8 日

★陈越光：中国文化书院院长、西湖教育基金会理事长

激活传统　继往开来

　　21世纪来临了，谁也不可能在一张白纸上描绘新世纪。21世纪不仅是20世纪的承接，而且是以往全部历史的承接。江泽民主席在访美演讲中说："中国在自己发展的长河中，形成了优良的历史文化传统。这些传统，随着时代变迁和社会进步获得扬弃和发展，对今天中国的价值观念、生活方式和中国的发展道路，具有深刻的影响。"激活传统，继往开来，让21世纪的中国人真正站在五千年文化的历史巨人肩上，面向世界，开创未来。可以说，这是我们应该为新世纪做的最重要的工作之一。

　　为此，中国青少年发展基金会在成功地推展"希望工程"的基础上，又将推出一项"中华古诗文经典诵读工程"。该项活动以组织少年儿童诵读、熟背中国经典古诗文的方式，让他们在记忆力最好的时候，以最便捷的方式，获得古诗文经典的基本熏陶和修养。根据"直面经典、有取有舍、版本从众"的原则，经专家推荐，我们选编了300余篇经典古诗文，分12册出版。能熟背这些经典，可谓有了中国文化的基本修养。据我们在上千名小学生中试验，每天诵读20分钟，平均三五天即可背诵一篇古文。诵读数年，终身受益。

　　背诵是儿童的天性。孩子们脱口而出的各种广告语、影视台词等，都是所谓"无意识记忆"。有心理学家指出，人的记忆力在儿童时期发展极快，到13岁达到最高峰。此后，主要是理解力的增强。所以，在记忆力最好的时候，少记点广告词，多背点经典，不求甚解，但求熟背，是在做一种终生可以去消化、理解的文化准备。这很难是儿童自己的选择，主要是家长的选择。

　　有的大学毕业生不会写文章，这是许多教育工作者不满的现状。中国的语言文字之根在古诗文经典，这些千古美文就是最好的范文。学习古诗文经典的最好方法就是幼时熟背。现在的学生们往往在高中、大学时期为文言文伤脑筋，这时内有考试压力，外有挡不住的诱惑，可谓既有"丝竹之乱耳"，又有"案牍之劳形"，此时再来背古诗文难道不是事倍功半吗？这一点等到学生们认识到往往已经晚了，师长们的远见才能避免"亡羊补牢"。

　　读千古美文，做少年君子。随着"中华古诗文经典诵读工程"的逐年推广，一代新人的成长，将不仅仅受益于千古美文的文学滋养——"天下为公"的理念；"宁为玉碎，不为瓦全"的风骨；"先天下之忧而忧，后天下之乐而乐"的胸怀；"富贵不能淫，贫贱不能移，威武不能屈"的操守；"位卑未敢忘忧国"的精神；"无为而无不为"的智慧；"己所不欲，勿施于人""己欲立而立人，己欲达而达人"的道德原则……这一切，都将成为新一代中国人重建人生信念的精神源泉。

　　愿有共同热情的人们，和我们一起来开展这项活动。我们只需做一件事：每周教孩子背几首古诗或一篇五六百字的古文经典。

　　书声琅琅，开卷有益；文以载道，继往开来！

陈越光

1998 年 1 月 18 日

★陈越光时任中国青少年发展基金会社区文化委员会主任、中国文化书院副院长。

与先贤同行　做强国少年

　　中华优秀传统文化源远流长，博大精深，是中华民族的宝贵精神矿藏。在这悠久的历史长河中，先后涌现出无数的先贤，这些先贤创作了卷帙浩繁的国学经典。回望先贤，回望经典，他们如星月，璀璨夜空；似金石，掷地有声；若箴言，醍醐灌顶。

　　为弘扬中华民族优秀传统文化，让广大青少年汲取中华优秀传统文化的养分，中国青少年发展基金会遵循习近平总书记寄语希望工程重要精神，结合新时代新要求，在二十世纪九十年代开展"中华古诗文经典诵读活动"的基础上，创新形式传诵国学经典，努力为青少年成长发展提供新助力、播种新希望。

　　"天行健，君子以自强不息；地势坤，君子以厚德载物。"与先贤同行，做强国少年。我们相信，新时代青少年有中华优秀传统文化的滋养，不仅能提升国学素养，美化青少年心灵，也必然增强做中国人的志气、骨气、底气，努力成长为强国时代的栋梁之材。

郭美荐

2023 年 1 月 16 日

★郭美荐：中国青少年发展基金会党委书记、理事长

目录

目录

目录

1

《论语》五章

一 ★

子曰："见贤思齐焉，见不贤而内自省也。"

选自《里仁篇第四》

二

子贡问曰："孔文子何以谓之^①'文'也？"子曰："敏而好学，不耻下问，是以谓之'文'也。"

选自《公冶长篇第五》

---

①之：人称代词，指孔文子。

三

子曰："知^②者乐水，仁者乐山。知者动，仁者静。知者乐，仁者寿。"

选自《雍也篇第六》

四

子曰："默^③而识^④之，学而不厌，诲^⑤人不倦，何有^⑥于我哉？"

选自《述而篇第七》

五

子曰："君子道^⑦者三，我无能焉：

---

②知：同"智"，智慧。 ③默：暗暗，私下。 ④识：记住。 ⑤诲：训诲，教导。 ⑥何有：有什么。 ⑦道：为人之道。

仁者不忧，知者不惑，勇者不惧。"子
贡曰："夫子自道也。"

选自《宪问篇第十四》

《老子》一章

jiāng hǎi zhī suǒ yǐ néng wéi bǎi gǔ wáng zhě yǐ qí
江海之所以能为百谷①王者，以②其

shàn xià zhī gù néng wéi bǎi gǔ wáng
善③下之，故能为百谷王。

shì yǐ shèng rén yù shàng mín bì yǐ yán xià zhī
是以④圣人欲上民⑤，必以言下之；

yù xiān mín bì yǐ shēn hòu zhī shì yǐ shèng rén chǔ shàng
欲先民⑥，必以身后之。是以圣人处上

ér mín bú zhòng chǔ qián ér mín bú hài shì yǐ tiān xià lè
而民不重，处前而民不害。是以天下乐

tuī ér bú yàn yǐ qí bù zhēng gù tiān xià mò néng yǔ
推⑦而不厌⑧。以其不争，故天下莫能与

zhī zhēng
之争。

xuǎn zì xià piān dé jīng liù shí liù zhāng
选自《下篇德经六十六章》

①谷：两山之间的水道。 ②以：因为。 ③善：擅长，善于。 ④是以：因此，所以。 ⑤上民：即民之上，在上率领百姓。 ⑥先民：即民之先，在前领导百姓。 ⑦推：举荐，推选。 ⑧厌：讨厌，厌恶。

3

《孟子》三则
mèng zǐ　　sān zé

一

老吾老，以及人之老；幼吾幼，以
lǎo wú lǎo　　yǐ jí rén zhī lǎo　　yòu wú yòu　　yǐ

及人之幼，天下可运于掌①。《诗》云：
jí rén zhī yòu　　tiān xià kě yùn yú zhǎng　　shī　yún

"刑于寡妻，至于兄弟，以御于家邦。"
xíng yú guǎ qī　　zhì yú xiōng dì　　yǐ yù yú jiā bāng

言②举斯心加诸彼而已。故推恩足以保四
yán jǔ sī xīn jiā zhū bǐ ér yǐ　　gù tuī ēn zú yǐ bǎo sì

海，不推恩无以保妻子③。古之人所以大
hǎi　　bù tuī ēn wú yǐ bǎo qī zǐ　　gǔ zhī rén suǒ yǐ dà

过④人者，无他焉，善推其所为而已矣。
guò rén zhě　　wú tā yān　　shàn tuī qí suǒ wéi ér yǐ yǐ

今恩足以及禽兽，而功不至于百姓者，
jīn ēn zú yǐ jí qín shòu　　ér gōng bú zhì yú bǎi xìng zhě

独⑤何与？权⑥，然后知轻重；度，然后
dú hé yú　　quán　　rán hòu zhī qīng zhòng　　duó　　rán hòu

①掌：手掌，运于掌，比喻非常容易。　②言：这就是说。　③妻子：妻和子女。　④大过：远远胜过。　⑤独：唯独。　⑥权：秤锤，用秤称。

<ruby>知<rt>zhī</rt></ruby><ruby>长<rt>cháng</rt></ruby><ruby>短<rt>duǎn</rt></ruby>。<ruby>物<rt>wù</rt></ruby><ruby>皆<rt>jiē</rt></ruby><ruby>然<rt>rán</rt></ruby>，<ruby>心<rt>xīn</rt></ruby><ruby>为<rt>wéi</rt></ruby><ruby>甚<rt>shèn</rt></ruby>。

<ruby>选<rt>xuǎn</rt></ruby><ruby>自<rt>zì</rt></ruby>《<ruby>梁<rt>liáng</rt></ruby><ruby>惠<rt>huì</rt></ruby><ruby>王<rt>wáng</rt></ruby> <ruby>章<rt>zhāng</rt></ruby><ruby>句<rt>jù</rt></ruby><ruby>上<rt>shàng</rt></ruby>》

二

<ruby>孟<rt>mèng</rt></ruby><ruby>子<rt>zǐ</rt></ruby><ruby>曰<rt>yuē</rt></ruby>："<ruby>桀<rt>jié</rt></ruby><ruby>纣<rt>zhòu</rt></ruby><ruby>之<rt>zhī</rt></ruby><ruby>失<rt>shī</rt></ruby><ruby>天<rt>tiān</rt></ruby><ruby>下<rt>xià</rt></ruby><ruby>也<rt>yě</rt></ruby>，<ruby>失<rt>shī</rt></ruby><ruby>其<rt>qí</rt></ruby><ruby>民<rt>mín</rt></ruby><ruby>也<rt>yě</rt></ruby>。<ruby>失<rt>shī</rt></ruby><ruby>其<rt>qí</rt></ruby><ruby>民<rt>mín</rt></ruby><ruby>者<rt>zhě</rt></ruby>，<ruby>失<rt>shī</rt></ruby><ruby>其<rt>qí</rt></ruby><ruby>心<rt>xīn</rt></ruby><ruby>也<rt>yě</rt></ruby>。<ruby>得<rt>dé</rt></ruby><ruby>天<rt>tiān</rt></ruby><ruby>下<rt>xià</rt></ruby><ruby>有<rt>yǒu</rt></ruby><ruby>道<rt>dào</rt></ruby>⑦，<ruby>得<rt>dé</rt></ruby><ruby>其<rt>qí</rt></ruby><ruby>民<rt>mín</rt></ruby>，<ruby>斯<rt>sī</rt></ruby><ruby>得<rt>dé</rt></ruby><ruby>天<rt>tiān</rt></ruby><ruby>下<rt>xià</rt></ruby><ruby>矣<rt>yǐ</rt></ruby>。<ruby>得<rt>dé</rt></ruby><ruby>其<rt>qí</rt></ruby><ruby>民<rt>mín</rt></ruby><ruby>有<rt>yǒu</rt></ruby><ruby>道<rt>dào</rt></ruby>，<ruby>得<rt>dé</rt></ruby><ruby>其<rt>qí</rt></ruby><ruby>心<rt>xīn</rt></ruby>，<ruby>斯<rt>sī</rt></ruby><ruby>得<rt>dé</rt></ruby><ruby>民<rt>mín</rt></ruby><ruby>矣<rt>yǐ</rt></ruby>。<ruby>得<rt>dé</rt></ruby><ruby>其<rt>qí</rt></ruby><ruby>心<rt>xīn</rt></ruby><ruby>有<rt>yǒu</rt></ruby><ruby>道<rt>dào</rt></ruby>，<ruby>所<rt>suǒ</rt></ruby><ruby>欲<rt>yù</rt></ruby><ruby>与<rt>yǔ</rt></ruby>⑧<ruby>之<rt>zhī</rt></ruby><ruby>聚<rt>jù</rt></ruby>⑨<ruby>之<rt>zhī</rt></ruby>，<ruby>所<rt>suǒ</rt></ruby><ruby>恶<rt>wù</rt></ruby><ruby>勿<rt>wù</rt></ruby><ruby>施<rt>shī</rt></ruby>，<ruby>尔<rt>ěr</rt></ruby>⑩<ruby>也<rt>yě</rt></ruby>。<ruby>民<rt>mín</rt></ruby><ruby>之<rt>zhī</rt></ruby><ruby>归<rt>guī</rt></ruby><ruby>仁<rt>rén</rt></ruby><ruby>也<rt>yě</rt></ruby>，<ruby>犹<rt>yóu</rt></ruby><ruby>水<rt>shuǐ</rt></ruby><ruby>之<rt>zhī</rt></ruby><ruby>就<rt>jiù</rt></ruby><ruby>下<rt>xià</rt></ruby>，<ruby>兽<rt>shòu</rt></ruby><ruby>之<rt>zhī</rt></ruby><ruby>走<rt>zǒu</rt></ruby><ruby>圹<rt>kuàng</rt></ruby>⑪<ruby>也<rt>yě</rt></ruby>。<ruby>故<rt>gù</rt></ruby><ruby>为<rt>wèi</rt></ruby><ruby>渊<rt>yuān</rt></ruby><ruby>驱<rt>qū</rt></ruby><ruby>鱼<rt>yú</rt></ruby><ruby>者<rt>zhě</rt></ruby>，<ruby>獭<rt>tǎ</rt></ruby><ruby>也<rt>yě</rt></ruby>。<ruby>为<rt>wèi</rt></ruby><ruby>丛<rt>cóng</rt></ruby><ruby>驱<rt>qū</rt></ruby><ruby>爵<rt>què</rt></ruby>⑫<ruby>者<rt>zhě</rt></ruby>，<ruby>鹯<rt>zhān</rt></ruby>⑬<ruby>也<rt>yě</rt></ruby>。

---

⑦道：途径，方法。 ⑧与：给予。 ⑨聚：积聚，积攒。 ⑩尔：(就是)如此。 ⑪圹：同"旷"，宽阔，广大。此处指旷野。 ⑫爵：通"雀"，小鸟。 ⑬鹯：一种似鹞鹰的猛禽。

为汤武驱民者，桀与纣也。今天下之君
有好仁者，则诸侯皆为之驱矣。虽欲无
王，不可得已。今之欲王者，犹七年
之病求三年之艾也。苟为不畜⑭，终身
不得。苟不志于仁，终身忧辱，以陷
于死亡。《诗》云：'其何能淑，载胥及
溺。'此之谓也。"

选自《离娄 章句上》

三

徐子曰："仲尼亟⑮称于水曰：'水
哉，水哉！'何取于水也？"孟子曰：

---

⑭畜：积聚，储藏。　⑮亟：屡次。

"原泉混混，不舍⑯昼夜，盈⑰科⑱而后进，
放乎四海。有本⑲者如是，是之取尔。
苟为无本，七八月之间雨集，沟浍⑳皆
盈，其涸也，可立而待也。故声闻过
情，君子耻之。"

选自《离娄 章句下》

---

⑯舍：居住，停留。　⑰盈：满。　⑱科：坎，洼地。　⑲本：本源。
⑳浍：田间的水沟。

《礼记》二则

一

孔子过泰山侧①，有妇人哭于墓者而哀。夫子式而听之，使子路问之曰："子之哭也，一②似重有忧者。"而③曰："然。昔者吾舅死于虎，吾夫又死焉，今吾子又死焉。"夫子曰："何为不去也？"曰："无苛政。"夫子曰："小子④识⑤之：苛政猛于虎也！"

选自《檀弓下》

---

①侧：旁边。　②一：确实。　③而：连词，表示顺承。　④小子：此处指孔子的学生。　⑤识：记住。

4

二

天命⑥之谓性，率性⑦之谓道，修道之谓教。道也者，不可须臾离也，可离非道也。是故君子戒慎⑧乎其所不睹，恐惧乎其所不闻。莫见⑨乎隐，莫显乎微，故君子慎其独⑩也。喜怒哀乐之未发，谓之中⑪；发而皆中节⑫，谓之和⑬。中也者，天下之大本也；和也者，天下之达道⑭也。致中和，天地位⑮焉，万物育焉。

选自《中庸》

---

⑥天命：天性，天赋。　⑦率性：依循本性而行。　⑧戒慎：警惕谨慎。　⑨见：同"现"，显现，出现。　⑩慎其独：即"慎独"。　⑪中：无所偏倚。　⑫中节：合乎礼仪法度。　⑬和：适中，恰到好处。　⑭达道：普遍真理。　⑮位：就位，使居其位。

诚子书 ★

诸葛亮

夫①君子之行，静②以修身，俭以养德。非淡泊③无以明志，非宁静无以致远。夫学须静也，才须学也，非学无以广④才，非志无以成学。淫⑤慢⑥则不能励精⑦，险⑧躁⑨则不能治性⑩。年⑪与时驰，意⑫与日去，遂成枯落⑬，多不接⑭世，悲守穷庐⑮，将复何及！

---

①夫：语气词。 ②静：宁静专一。 ③淡泊：清净寡欲。 ④广：增长。 ⑤淫：放纵。 ⑥慢：懈怠。 ⑦励精：振作精神。 ⑧险：轻薄。 ⑨躁：浮躁。 ⑩治性：规约性情。 ⑪年：年纪。 ⑫意：意志。 ⑬枯落：形容人年老志衰。 ⑭接：接触。 ⑮穷庐：贫贱者居住的房屋。

11

6

《洛神赋》节选

曹植

余从京域①，言②归东藩，背③伊阙，越辕辕，经通谷，陵景山。日既④西倾，车殆⑤马烦。尔乃税驾乎蘅皋，秣驷乎芝田，容与乎阳林，流眄乎洛川。于是精移神骇⑥，忽焉思散，俯则未察，仰以殊观。

睹一丽人，于岩之畔。尔乃援⑦御者而告之曰："尔有觌⑧于彼者乎？彼何人

①京域：指魏都洛阳。 ②言：助词，无实义。 ③背：背对着，离开。 ④既：已经。 ⑤殆：通"怠"。 ⑥精移神骇：精神恍惚。 ⑦援：用手拉着。 ⑧觌：见，相见。

斯，若此之艳也！"御者对曰："臣闻河洛之神，名曰宓妃。然则君王之所见，无乃⑨是乎？其状若何，臣愿闻之。"

余告之曰："其形也，翩若惊鸿，婉若游龙。荣曜秋菊，华茂春松。仿佛⑩兮若轻云之蔽月，飘飘兮若流风之回雪。远而望之，皓若太阳升朝霞；迫⑪而察之，灼若芙蕖出渌⑫波。秾纤得衷，修短合度。肩若削成，腰如约素⑬。延颈秀项，皓质呈露。芳泽无

---

⑨无乃：莫非。　⑩仿佛：隐约，依稀。　⑪迫：靠近。　⑫渌：清澈。
⑬约素：紧束的白绢。

加，铅华弗御^⑭。云髻峨峨，修眉联娟。丹唇外朗^⑮，皓齿内鲜^⑯。明眸善睐，靥辅^⑰承权。瑰姿艳逸，仪静体闲。柔情绰态，媚于语言。奇服旷世，骨像应图。披罗衣之璀粲兮，珥瑶碧之华琚。戴金翠之首饰，缀明珠以耀躯。践远游之文履，曳^⑱雾绡之轻裾。微幽兰之芳蔼^⑲兮，步踟蹰^⑳于山隅。于是忽焉纵体^㉑，以遨以嬉。左倚采^㉒旄，右荫桂旗。攘皓腕于神浒兮，采湍濑之玄芝。"余情悦其淑美兮，心振荡而不怡。

---

⑭御：使用。　⑮朗：明亮。　⑯鲜：洁净，洁白。　⑰靥辅：酒窝。　⑱曳：穿着。　⑲芳蔼：芳香而繁盛。　⑳踟蹰：徘徊，缓行。　㉑纵体：肢体轻举。　㉒采：同"彩"。

兰亭集序 ★
王羲之

永和九年，岁在癸丑，暮春①之初，会于会稽山阴之兰亭，修禊事也。群贤毕至，少长咸集。此地有崇山峻岭，茂林修②竹，又有清流激湍，映带③左右，引以为流觞曲水，列坐其次。虽无丝竹管弦之盛，一觞一咏，亦足以畅叙幽情。

是日也，天朗气清，惠风和畅。

---

①暮春：春季的最后一个月，即夏历三月。　②修：长，高。
③映带：辉映，衬托。

仰观宇宙之大，俯察品类④之盛，
所以游目骋怀，足以极⑤视听之娱，信⑥可
乐也。

　　夫人之相与，俯仰⑦一世。或取诸
怀抱，晤言一室之内；或因寄所托，放
浪形骸之外。虽趣舍⑧万殊，静躁不同，
当其欣于所遇，暂得于己，快然自足，
不知老之将至；及其所之既倦，情随
事迁，感慨系⑨之矣。向⑩之所欣，俯仰
之间，已为陈迹，犹不能不以⑪之兴⑫怀，

---

④品类：指万物。　⑤极：竭尽，这里指"尽情地"。　⑥信：诚，实
在。　⑦俯仰："俯"为低头，"仰"为抬头,连用比喻时间短暂。
⑧趣舍：进退。趣，通"取"，指进取。　⑨系：随着,此处指"感慨随
之而来"。　⑩向：过去。　⑪以：介词,因为。　⑫兴：兴起,发出。

7

况修短随化，终期于尽！古人云："死生亦大矣。"岂不痛哉！

每览昔人兴感之由，若合一契，未尝不临文嗟悼⑬，不能喻⑭之于怀。固知一死生为虚诞，齐彭殇为妄作。后之视今，亦犹今之视昔，悲夫！故列叙时人，录其所述，虽世殊事异，所以兴怀，其致一也。后之览者，亦将有感于斯文。

---

⑬嗟悼：叹息，悲伤。 ⑭喻：明白，知道。

8

《水经注·江水》节选 ★

郦道元

自三峡七百里中，两岸连山，略
无^①阙^②处。重岩叠嶂，隐天蔽日，自
非^③亭午夜分，不见曦^④月。

至于夏水襄陵，沿溯阻绝。或
王命急宣，有时朝发白帝，暮到江
陵，其间千二百里，虽乘奔^⑤御风，不
以疾也。

春冬之时，则素湍绿潭，回清倒

---

①略无：全无，毫无。　②阙：空隙，缺口。　③自非：倘若不是。
④曦：太阳，日光。　⑤奔：飞奔，此处指飞奔的骏马。

影，绝巘^⑥多生怪柏，悬泉瀑布，飞漱^⑦其间，清荣峻茂，良多趣味。

每至晴初霜旦^⑧，林寒涧肃，常有高猿长啸，属引^⑨凄异^⑩，空谷传响，哀转^⑪久绝。故渔者歌曰："巴东三峡巫峡长，猿鸣三声泪沾裳。"

---

⑥绝巘:绝高的山峰。巘,山顶。 ⑦飞漱:飞速向下冲荡。漱,冲刷,冲荡。 ⑧霜旦:下霜的清晨。旦,天亮,清晨。 ⑨属引:连续不断。 ⑩凄异:凄惨悲凉。 ⑪哀转:声音哀戚婉转。

9

谏太宗十思疏 ★
jiàn tài zōng shí sī shū

魏 徵
wèi zhēng

臣闻求木之长者，必固其根本；
chén wén qiú mù zhī zhǎng zhě　bì gù qí gēn běn

欲流之远者，必浚^①其泉源；思国之安
yù liú zhī yuǎn zhě　bì jùn qí quán yuán　sī guó zhī ān

者，必积其德义。源不深而望流之远，
zhě　bì jī qí dé yì　yuán bù shēn ér wàng liú zhī yuǎn

根不固而求木之长，德不厚而思国之
gēn bú gù ér qiú mù zhī zhǎng　dé bú hòu ér sī guó zhī

理，臣虽下愚，知其不可，而况于明
lǐ　chén suī xià yú　zhī qí bù kě　ér kuàng yú míng

哲乎！人君当^②神器^③之重，居域中之
zhé hū　rén jūn dāng shén qì zhī zhòng　jū yù zhōng zhī

大，将崇极天之峻，永保无疆之休。
dà　jiāng chóng jí tiān zhī jùn　yǒng bǎo wú jiāng zhī xiū

不念居安思危，戒奢以俭，德不处其
bú niàn jū ān sī wēi　jiè shē yǐ jiǎn　dé bù chǔ qí

---

①浚：挖出淤泥，疏通水道。　②当：掌管。　③神器：神圣之物，借指帝位、国家。

厚，情不胜其欲，斯亦伐根以求木茂，塞源而欲流长者也。

凡百元首，承天景命，莫不殷忧而道著，功成而德衰。有善始者实繁，能克终者盖寡。岂取之易而守之难乎？昔取之而有余，今守之而不足，何也？夫在殷忧④，必竭诚以待下；既得志，则纵情以傲物。竭诚则胡越为一体，傲物则骨肉为行路⑤。虽董⑥之以严刑，振⑦之以威怒，终苟免而不怀仁，貌恭而不心服。怨不在大，可畏

④殷忧：深重的忧虑。 ⑤行路：路人，陌生人。 ⑥董：监督，督查。 ⑦振：整顿，整治。

9

惟人；载舟覆舟，所宜⑧深慎；奔车朽索，其可忽乎！

君人者，诚能见可欲则思知足以自戒，将有作⑨则思知止以安人，念高危则思谦冲⑩而自牧⑪，惧满溢则思江海下百川，乐盘游⑫则思三驱以为度，忧懈怠则思慎始而敬终，虑壅蔽⑬则思虚心以纳下，想谗邪则思正身以黜恶，恩所加则思无因喜以谬赏，罚所及则思无因怒而滥刑。总此十思，弘⑭兹九德，简⑮能而任之，择善而从之，则智

---

⑧宜：应该。　⑨作：建造，此处指建造宫室。　⑩谦冲：谦虚。
⑪自牧：修养自身，自我鞭策。　⑫盘游：盘留游乐，这里指打猎。
⑬壅蔽：闭塞。　⑭弘：发扬。　⑮简：选择。

者尽其谋，勇者竭其力，仁者播⑯其惠，

信者效其忠。文武争驰，在君无事，

可以尽豫游之乐，可以养松、乔之寿，

鸣琴垂拱，不言而化。何必劳神苦思，

代下司⑰职，役聪明之耳目，亏无为之

大道哉！

---

⑯播：传布，传扬。 ⑰下司：臣下。

10

山中与裴秀才迪书

王 维

近腊月下①，景气和畅，故山②殊可过。足下方温经③，猥④不敢相烦，辄便⑤往山中，憩感配寺，与山僧饭讫而去。

北涉玄灞，清月映郭⑥。夜登华子冈，辋水沦涟⑦，与月上下。寒山远火，明灭林外。深巷寒犬，吠声如

---

①下：此处指月末。 ②故山：旧居之山，此处指辋川山。 ③温经：温习经书。 ④猥：仓促之间。 ⑤辄便：就。 ⑥郭：外城，古代在城的外围加筑的一道围墙。 ⑦沦涟：水波，微波。

豹。村墟夜舂，复与疏钟⑧相间。此时
独坐，僮仆静默，多思曩昔⑨携手赋诗，
步仄径，临清流也。

当待⑩春中，草木蔓发，春山可
望，轻鲦出水，白鸥矫翼，露湿青皋，
麦陇朝雊。斯之不远，傥能从我游
乎？非子天机清妙者，岂能以此不急之
务相邀？然是中有深趣矣！无忽⑪。因
驮黄蘖人往，不一。山中人王维白。

---

⑧疏钟：稀疏的钟声，指钟声的间隔较长。 ⑨曩昔：往日，从前。
⑩当待：等到。 ⑪忽：忽视，错过。

11

醉翁亭记★
zuì wēng tíng jì

欧阳修
ōu yáng xiū

环滁①皆山也。其西南诸峰，林壑②
尤美，望之蔚然而深秀③者，琅琊也。
山行六七里，渐闻水声潺潺，而泻出
于两峰之间者，酿泉也。峰回路转，
有亭翼然④临于泉上者，醉翁亭也。作
亭者谁？山之僧智仙也。名⑤之者谁？
太守自谓也。太守与客来饮于此，饮
少辄醉，而年又最高，故自号曰醉翁
也。醉翁之意不在酒，在乎山水之间

①滁：滁州，在今安徽东部。 ②林壑：山林涧谷。 ③深秀：山色幽深秀丽。 ④翼然：鸟展翅貌。 ⑤名：命名，取名。

也。山水之乐，得之心而寓之酒也。

若夫⑥日出而林霏⑦开，云归⑧而岩穴暝⑨，晦明变化者，山间之朝暮也。野芳发而幽香，佳木秀而繁阴，风霜高洁，水落而石出者，山间之四时也。朝而往，暮而归，四时之景不同，而乐亦无穷也。

至于负⑩者歌于途，行者休于树，前者呼，后者应，伛偻⑪提携⑫，往来而不绝者，滁人游也。临溪而渔，溪深而鱼肥，酿泉为酒，泉香而酒洌，山肴野蔌⑬，

---

⑥若夫：至于，用于句首，表示另提一事。 ⑦林霏：树林中弥漫的云气。 ⑧归：汇集、合并到一起。 ⑨暝：昏暗。 ⑩负：以背载物。 ⑪伛偻：驼背，此处指老人。 ⑫提携：牵扶，携带，此处指大人牵着小孩。 ⑬蔌：蔬菜的总称。

杂然而前陈者，太守宴也。宴酣⑭之乐，非丝非竹⑮，射⑯者中，弈者胜，觥筹交错，起坐而喧哗者，众宾欢也。苍颜白发，颓然乎其间者，太守醉也。

已而⑰夕阳在山，人影散乱，太守归而宾客从也。树林阴翳⑱，鸣声上下，游人去而禽鸟乐也。然而禽鸟知山林之乐，而不知人之乐；人知从太守游而乐，而不知太守之乐其乐也。醉能同其乐，醒能述以文者，太守也。太守谓谁？庐陵欧阳修也。

---

⑭酣：尽兴地喝酒。 ⑮非丝非竹：与音乐无关。丝，弦乐器；竹，管乐器。 ⑯射：指投壶。 ⑰已而：后来，然后。 ⑱阴翳：枝叶繁茂成荫。翳，遮蔽，隐藏。

《诗经》一首

伯兮

伯兮朅兮，邦之桀①兮。伯也执殳，为王前驱。自伯之东，首如飞蓬②。岂无膏沐？谁适③为容④！其⑤雨其雨，杲杲⑥出日。愿言思伯，甘心首疾！焉⑦得谖草，言⑧树⑨之背⑩？愿言思伯，使我心痗⑪！

选自《国风·卫风》

---

① 桀：通"杰"，才智出众的人。 ②飞蓬：乱飞的蓬草，此处比喻凌乱的头发。③适：此处作"悦"解。④容：修饰容貌。⑤其：语气词，无含义。 ⑥杲杲：明亮的样子。 ⑦焉：疑问代词，什么地方。⑧言：乃，就。 ⑨树：种植。 ⑩背：堂屋的北面。 ⑪痗：忧思成病。

少司命
shào sī mìng

屈 原
qū yuán

秋兰兮麋芜，罗生①兮堂下。绿叶
qiū lán xī mí wú　　luó shēng xī táng xià　　lǜ yè

兮素华，芳菲菲兮袭予。夫人自有兮美
xī sù huá　fāng fēi fēi xī xí yú　fú rén zì yǒu xī měi

子②，荪③何以兮愁苦？
zǐ　sūn hé yǐ xī chóu kǔ

秋兰兮青青，绿叶兮紫茎。满堂
qiū lán xī jīng jīng　lǜ yè xī zǐ jīng　mǎn táng

兮美人，忽独与余兮目成④。入不言兮
xī měi rén　hū dú yǔ yú xī mù chéng　rù bù yán xī

出不辞，乘回风⑤兮载云旗⑥。悲莫悲兮
chū bù cí　chéng huí fēng xī zài yún qí　bēi mò bēi xī

生别离，乐莫乐兮新相知。
shēng bié lí　lè mò lè xī xīn xiāng zhī

荷衣兮蕙带，倏而来兮忽而逝，夕
hé yī xī huì dài　shū ér lái xī hū ér shì　xī

---

①罗生：密密生长。　②美子：美好的子女。　③荪：香草名，这里指
代少司命。　④目成：通过眉目传情来结成亲好。　⑤回风：旋风。
⑥云旗：云雾，云气。

宿^{sù}兮^{xī}帝^{dì}郊^{jiāo}，君^{jūn}谁^{shuí}须^{xū}⑦兮^{xī}云^{yún}之^{zhī}际^{jì}？

与^{yǔ}女^{rǔ}⑧沐^{mù}兮^{xī}咸^{xián}池^{chí}，晞^{xī}⑨女^{rǔ}发^{fā}兮^{xī}阳^{yáng}之^{zhī}阿^ē。

望^{wàng}美^{měi}人^{rén}兮^{xī}未^{wèi}来^{lái}，临^{lín}风^{fēng}怳^{huǎng}⑩兮^{xī}浩^{hào}歌^{gē}⑪。

孔^{kǒng}盖^{gài}兮^{xī}翠^{cuì}旌^{jīng}，登^{dēng}九^{jiǔ}天^{tiān}兮^{xī}抚^{fǔ}彗^{huì}星^{xīng}。

竦^{sǒng}⑫长^{cháng}剑^{jiàn}兮^{xī}拥^{yōng}幼^{yòu}艾^{ài}⑬，荪^{sūn}独^{dú}宜^{yí}兮^{xī}为^{wéi}民^{mín}正^{zhèng}⑭。

---

⑦须：等待。　⑧女：代词，通"汝"，你。　⑨晞：曝，晒。　⑩怳：心神不定、失意的样子。　⑪浩歌：放声高歌。　⑫竦：执，持。　⑬幼艾：儿童和青少年。　⑭正：主宰。

14

西洲曲

忆梅下^①西洲，折梅寄江北。

单衫杏子红，双鬟鸦雏^②色。

西洲在何处？两桨桥头渡。

日暮伯劳^③飞，风吹乌臼^④树。

树下即门前，门中露翠钿^⑤。

开门郎不至，出门采红莲。

采莲南塘秋，莲花过人头。

低头弄莲子，莲子青如水。

---

①下：到，往。 ②鸦雏：幼小的鸦鸟。借指女子头发的乌黑亮泽。
③伯劳：鸟名，又名䴗或鵙。 ④乌臼：即"乌桕"，树名。 ⑤翠钿：用
翠玉制成的首饰。

置莲怀袖中， 莲心彻底红。

忆郎郎不至， 仰首望飞鸿⑥。

鸿飞满西洲， 望郎上青楼⑦。

楼高望不见， 尽日栏杆头。

栏杆十二曲， 垂手明如玉。

卷帘天自高， 海水摇空绿。

海水梦悠悠， 君愁我亦愁。

南风知我意， 吹梦到西洲。

⑥飞鸿：高飞的鸿雁。古代有"鸿雁传书"的说法，因以表示音信。

⑦青楼：用青漆涂饰的楼房。

望月怀远

张九龄

海上生明月，天涯共此时。

情人怨遥夜①，竟夕②起相思。

灭烛怜光满，披衣觉露滋③。

不堪④盈⑤手赠，还⑥寝梦佳期⑦。

---

①遥夜：长夜。　②竟夕：终夜，通宵。　③滋：润泽，浸染。　④不堪：不能。　⑤盈：满，充满。　⑥还：回去。　⑦佳期：美好的时光，指相会之期。

16

次北固山下 ★

王湾

客路青山外，行舟绿水前。

潮平①两岸阔，风正一帆悬②。

海日生残夜③，江春入旧年。

乡书何处达？归雁洛阳边。

①潮平：潮水涨至最高水位。　②悬：吊挂，系挂。　③残夜：夜将尽之时。

35

《别董大》其一 ★

高 适

千里黄云白日曛①，

北风吹雁雪纷纷。

莫愁前路无知己，

天下谁人不识君？

---

①曛：昏暗。

18

忆江南★

白居易

江南好，风景旧①曾谙②。日出江花红胜火，春来江水绿如蓝。能不忆江南？

---

①旧：原来，从前。 ②谙：熟悉，知道。

19

江雪

柳宗元

千山鸟飞绝，万径人踪灭。

孤舟蓑笠翁，独钓寒江雪。

20

八声甘州

柳 永

对潇潇①暮雨洒江天，一番洗清秋。渐霜风凄紧②，关③河冷落，残照当楼。是处④红衰翠减，苒苒⑤物华⑥休。唯有长江水，无语东流。

不忍登高临远，望故乡渺邈，归思难收。叹年来踪迹，何事苦淹留⑦！想佳人、妆楼颙望⑧，误几回、天际识归舟。争⑨知我、倚阑干处，正恁⑩凝愁！

---

①潇潇：形容风急雨骤。 ②凄紧：寒气逼人。 ③关：关口，要塞。
④是处：到处。 ⑤苒苒：渐渐。 ⑥物华：自然美景。 ⑦淹留：长久逗留。 ⑧颙望：盼望。 ⑨争：怎，怎么。 ⑩恁：如此，这般。

玉楼春

宋祁

东城渐觉风光好，縠皱①波纹迎客棹。绿杨烟外晓②寒轻，红杏枝头春意③闹。

浮生常恨欢娱少，肯爱千金轻一笑。为君持酒劝斜阳，且向花间留晚照④。

①縠皱：有皱褶的纱，比喻水的波纹。 ②晓：明亮，特指天亮。
③意：情景，景象。 ④晚照：夕阳的余晖。

鹊桥仙 ★

秦 观

纤云①弄巧②，飞星③传恨，银汉迢

迢④暗度。金风玉露⑤一相逢，便胜却人

间无数。

柔情似水，佳期如梦，忍顾⑥鹊桥

归路！两情若是久长时，又岂在朝朝

暮暮。

---

①纤云：微云，轻云。 ②弄巧：做出了各种奇巧的形状。 ③飞
星：指牵牛、织女二星。 ④迢迢：道路遥远。 ⑤金风玉露：借指秋
天。金风，秋风；玉露，白露。 ⑥顾：回首。

苏幕遮

周邦彦

燎①沉香②，消溽暑③。鸟雀呼晴，侵晓④窥檐语。叶上初阳⑤干宿雨⑥，水面清圆，一一风荷举。

故乡遥，何日去？家住吴门，久作长安旅⑦。五月渔郎相忆否？小楫⑧轻舟，梦入芙蓉浦⑨。

---

①燎：烧。　②沉香：一种味道浓郁的香料。　③溽暑：指盛夏时节潮湿闷热。　④侵晓：拂晓。　⑤初阳：朝阳，晨辉。　⑥宿雨：夜雨，经夜的雨水。　⑦旅：旅客。　⑧楫：船桨。　⑨芙蓉浦：有溪涧可通的荷花塘。芙蓉，荷花的别称。

24

yì jiǎn méi
一剪梅

lǐ qīng zhào
李清照

hóng ǒu xiāng cán yù diàn qiū　qīng jiě luó cháng
红藕①香残玉簟②秋，轻解罗裳③，

dú shàng lán zhōu　yún zhōng shuí jì jǐn shū lái　yàn zì huí
独上兰舟④。云中谁寄锦书⑤来，雁字⑥回

shí　yuè mǎn xī lóu
时，月满西楼。

huā zì piāo líng shuǐ zì liú　yì zhǒng xiāng sī　liǎng
花自飘零水自流，一种相思，两

chù xián chóu　cǐ qíng wú jì kě xiāo chú　cái xià méi tóu
处闲愁⑦。此情无计可消除，才下眉头，

què shàng xīn tóu
却上心头。

---

①红藕：即"红莲"，红色荷花。②玉簟：华贵的竹席。③罗裳：罗裙，丝制的裙子。 ④兰舟：木兰舟，小舟的美称。 ⑤锦书：书信的美称。 ⑥雁字：大雁群飞时，排的队列形状如字。 ⑦闲愁：无端无谓的忧愁。

满江红·金陵怀古

萨都刺

六代繁华，春去也、更无消息。空怅望[1]、山川形胜[2]，已非畴昔[3]。王谢堂前双燕子，乌衣巷口曾相识。听夜深、寂寞打孤城，春潮急。

思往事，愁如织[4]。怀故国[5]，空陈迹。但[6]荒烟衰草，乱鸦[7]斜日。玉树歌残秋露冷，胭脂井坏寒螀[8]泣。到如今、唯有蒋山青，秦淮碧。

---

①怅望：惆怅地远望。　②形胜：地势险要，也指山川壮美。　③畴昔：往昔，从前。　④织：比喻愁绪纷乱交织。　⑤故国：指金陵。国，国都。　⑥但：只，仅。　⑦乱鸦：乱飞的乌鸦。　⑧寒螀：寒蝉。

《论语》五章

题 解

　　《论语》是儒家经典，记载了孔子及其弟子的言行，由孔子弟子及门人撰录成书。全书自《学而》至《尧曰》共二十篇，篇名多撷取自开篇之句，并无特殊含义。古往今来，《论语》一书深受士人推崇，人们多将其作为修身立德的范本，甚至将其理论用于治国，北宋开国功臣赵普就曾对宋太宗说："臣有《论语》一部，以半部佐太祖定天下，以半部佐陛下致太平。"如何解读，见仁见智。

　　本册所选的五章，反映了孔子对仁道的看法，这也是儒家学说的中心内容。

作 者

　　孔子（前551—前479），名丘，字仲尼，生于春秋末期鲁国陬邑（今山东曲阜）。他少时家贫但立志于学，曾做过管理仓库和畜牧的小官，而后官至司空（掌管土木工程）、大司寇（掌管司法、刑狱）。在此期间，他开办私学，有教无类，广收门徒。后因与执政者政见不一而离开鲁国，带领弟子周游列国十四年，推行自己的仁政理念，仍讲诵弦歌不辍。及至晚年，他回到鲁国，专心于教育，并整理、编订了《诗》《书》《礼》《乐》《易》《春秋》，成为中华民族的经典。后世儒者用"天不生仲尼，万古如长夜"来表达对他的敬仰与崇敬。

注 释

子贡：姓端木，名赐，字子贡，卫国人，是孔子的学生。

孔文子：卫国的大夫孔圉。"文"是他的谥号。

何以谓之"文"也：为什么给他"文"的谥号？

何有于我哉：这对我来说有什么呢。此处并非是孔子的狂妄之语，而是孔子说自己除了"学而不厌、诲人不倦"二者之外一无所有。

《老子》一章

题 解

《老子》，分为上下两篇，共八十一章，上篇三十七章为《道经》，下篇四十四章为《德经》，所以又名《道德经》。不同于《论语》的散文体，《老子》一书多用韵文体，体现了南北文化之别。关于《老子》一书的作者，据《史记》记载，是老子出函谷关时写成的，但也有学者认为，《老子》一书具有浓厚的战国特色，可能是老子的后学加以补充而成的。但不管作者是何人、成书于何时，主张清静无为、顺应自然、与世无争的《老子》都为古代士人开辟了一个心灵的世外桃源，其中的智慧也值得我们今人细细体味。

本册所选内容，体现了老子"高下相倾""前后相随"的哲学思想和"利而不害""为而不争"的政治观念。

作 者

老子，姓李，名耳，字聃，大致与孔子同时，楚国苦县（今河南鹿邑东）人。苦县原为陈国所属，后被楚灭，老子为亡国遗民，所以不仕于楚，而在周朝做掌管藏书的史官。相传老子见周室衰微，决意离开，行至函谷关时，关令尹喜对老子说："子将隐矣，强为我著书。"于是，老子在留下了洋洋洒洒的五千言后扬长而去，不知其所终。

注　释

百谷王：《说文解字》中有"泉出通川为谷"，所以"百谷王"可以理解为"百川之王"，汉乐府《长歌行》中也有"百川东到海"的诗句。

以其善下之：是因为它善于处在低下的地位。

是以圣人处上而民不重，处前而民不害：所以，圣人虽位在百姓之上，但百姓却不感到有负累；虽身在百姓之前，却不会妨害百姓。重，累，不堪；害，妨害，妨碍。

《孟子》三则

题 解

《孟子》是一部发扬孔子学说的儒家经典，共七篇，每篇又分上下两篇，总计十四篇。它的体例与《论语》的问答体类似，篇名也是从首句文字中撷取的，并无实际含义。关于《孟子》一书的作者，历来有不同的争论，一种认为是孟子与弟子合著的，另一种则认为是由弟子或再传弟子编撰的。不过，《孟子》一书在思想上的精深和超拔却是历代学者的共识，这些文章气势磅礴、力量充沛、义理广大精微、雄辩且富有趣味，是每一位喜爱中华文化者不可不读之书。

本册所选三则，其一、其二均体现了孟子的仁政思想，其三是孟子借孔子关于水的论述表达自己对君子之德的见解。

作 者

孟子（约前372—前289），名轲，字子舆，战国邹（今山东邹城）人。幼受母教，后受业于子思（孔伋，孔子之孙）的门人。学成后，游历齐、宋、滕、魏、鲁等国，但因其提倡性善、推行仁政、主张贵民轻君，这当然不能见容于纷争四起的战国时代，所以始终未受到重用。他晚年退居邹地，除了讲学之外，还留下《孟子》一书。蔡元培先生曾这样评价孟子："孔子没百余年，周室愈衰，诸侯互相并吞，尚权谋，儒术尽失其传。是时崛起邹鲁，排众论而延周孔之绪者，为孟子。"所以，孟子也被称为"亚圣"。

注 释

老吾老，以及人之老；幼吾幼，以及人之幼：第一个"老"/"幼"是动词，敬爱/爱护；第二个"老"/"幼"是名词，老人/儿童。

刑于寡妻，至于兄弟，以御于家邦：出自《诗经·大雅·思齐》。以身作则，先示范给自己的妻子，而后推至兄弟，以此来安邦治国。

言举斯心加诸彼而已：说的就是把这种（爱亲人的）心加之于别人身上罢了。

物皆然，心为甚：凡物都是如此，心尤其是这样。

汤武：商汤和周武王。

犹七年之病求三年之艾也：好比得了七年的病，却寻求三年的艾来治病。艾，多年生的草本植物，可用于灸疗。古人认为，艾越陈，其灸疗的效果越好。

其何能淑，载胥及溺：出自《诗经·大雅·桑柔》。这句话的前一句是"谁能执热，逝不以濯？"连起来的意思是，如果不用洗濯的方式，那什么又能用来解热呢？但如果做不好这些，也不过就是大家前后相率溺于水中罢了。

徐子：徐辟，是孟子的弟子。

何取于水也：意即"何取于水而称之也"，为何要盛赞水呢？

混：古音读为"衮"，是"滚"的俗字。混混，水势盛大，大水奔流的样子。

是之取尔："取是尔"的倒装句，意思是"取这一点罢了"。

七八月之间雨集，沟浍皆盈，其涸也，可立而待也：七八月之间盛雨之时，大小沟渠都满了，但是片刻也就都干涸了。

声闻过情：指"名过其实"，说的是有名无实就会像无本之水，早晚都会干涸。

《礼记》二则

题　解

《礼记》是儒家关于"礼"的经典著作之一，与《周礼》《仪礼》并称"三礼"。《礼记》又称《小戴礼记》，是由西汉戴圣编纂的先秦至秦汉时期共四十九篇解说《仪礼》的文献合辑。与枯燥难懂的《仪礼》不同，《礼记》不仅记载了许多生活中实用性较强的仪节，而且详尽地论述了各种典礼的意义和制礼的精神，并多格言警句，所以后来居上，取代《仪礼》成为"五经"之一。

本册所选的二则，其一介绍了孔子仁政的思想，其二提出了君子的修身之道。

作　者

《礼记》是由西汉时期经学家戴圣广泛搜集编订而成的，已是学界公论。但具体到每一篇文章的作者，前人的说法各有不同，如有人认为《中庸》是孔子之孙孔伋所作，《缁衣》是公孙尼子所制，《月令》为吕不韦所撰，等等。不过，大多数学者都认可《汉书·艺文志》的说法，认为《礼记》是"七十子后学者所记也"。也就是说，《礼记》出自孔子弟子或再传弟子之手。

注　释

式：通"轼（古代车厢前扶手的横木）"，此处指"低头抚轼"，此举表示敬意。

是故君子戒慎乎其所不睹，恐惧乎其所不闻：所以，君子在别人看不到、听不到的地方，也要保持警惕、畏惧。"不睹""不闻"均表示自己独处的时候。

诸葛亮 《诫子书》

题 解

蜀汉建兴十二年（234），诸葛亮出兵在外，他给哥哥诸葛瑾写信说："瞻今已八岁，聪慧可爱，嫌其早成，恐不为重器耳。"诸葛亮认为儿子诸葛瞻聪慧可爱，但又担心他早熟，不能踏实于学问，难成大器。正是在这年，诸葛亮病死。在临终之前，诸葛亮将自己毕生的人生感悟，凝结为《诫子书》这一传世名篇，劝诫自己的儿子要修身养德，淡泊恬静。

作 者

诸葛亮（181—234），字孔明，琅琊阳都（今属山东沂南）人，三国蜀汉丞相。少年的诸葛亮便有逸群之才，英霸之器。他早年避难荆州，躬耕于野。后刘备三顾草庐，将其请出。在隆中对中，诸葛亮为刘备分析了天下形势，提出先取荆州再取益州，遂使蜀与吴、魏成鼎足之势，最后图取中原的霸业构想。刘备曾说："孤之有孔明，犹鱼之有水也。"诸葛亮为一代贤相，他治国有分、御军有法，为蜀汉"鞠躬尽瘁，死而后已"，功盖一时，辉耀古今。

注　释

诚：劝诫、诫勉。

子：一般认为是诸葛亮之子诸葛瞻。

书：书信、家书。

多不接世：大多对社会没有贡献。

将复何及：又怎么来得及呢！

曹　植　《洛神赋》节选

题　解

　　东汉建安二十五年（220），汉献帝退位，曹丕即帝位，改元黄初，与曹丕曾有过魏王世子之争的曹植的处境便发生了重大变化。黄初三年（222），曹植被立为鄄城王，到京师朝见曹丕后返回自己的封地，经过洛水时，写下千古名篇《洛神赋》。在赋文中，曹植以瑰丽的笔触描写了一位貌美仪静的女神形象，他对女神展开追求，可在得到女神的回应之后，自己却犹豫徘徊了，最后，洛神乘云车离去，空留自己在原地愁绪萦怀，只能只身一人继续东归。

　　本册节选了《洛神赋》的前一部分，我们在这些瑰丽的描写中，也可以感受到曹植粲溢今古的文采和情怀。

作　者

　　曹植（192—232），字子建，曹操之子，曹丕之弟。少时的曹植出口成论，下笔成章，不治威仪，不尚华丽，深得曹操的喜爱，曹操几度想立他为魏王世子。但曹植行为放纵不羁，行事不拘小节，饮乐又不加节制，所以在与曹丕的世子之争中落败。曹丕继位后，曹植的羽翼均被剪除，他自己也被降位，封地也几次被改换。尽管他多次上疏请求任用，但均没有得到应允，他报国无门，忧郁而终，年仅四十一岁。曹植文采风流，是建安文学最重要的代表人物，谢灵运曾说："天下才有一石，曹子建独占八斗，我得一斗，天下共分一斗。"

注　释

洛神：指的是洛水之神宓（fú）妃。

洛水：古水名，即今河南洛河。

赋：一种文体，是韵文和散文的综合，讲究辞藻、对偶和用韵。

背伊阙，越轘辕，经通谷，陵景山：离开伊阙，越过轘辕山，登上景山。伊阙，在今河南洛阳西；轘辕，在河南，因山路有十二曲，盘旋往还而得名；景山，在今河南偃师南。

河洛：黄河与洛水的并称。

翩若惊鸿，婉若游龙。荣曜秋菊，华茂春松：其翩跹如惊飞的鸿雁，其婉柔若游动的蛟龙，容光如秋菊之映日，体态似春松之迎风。"荣曜""华茂"，都是草木繁盛的样子。

秾纤得衷，修短合度：说的是身形和身高都恰到好处。秾纤，肥瘦；衷，适当，恰当；修短，长短。

延颈秀项："延""秀"都表示"长"；"颈""项"都是指脖子，"项"是颈的后部。

芳泽无加，铅华弗御：不施粉黛。芳泽，古代女子用的润发香油；铅华，古代女子用的敷脸铅粉（也称铅白，白色粉末）。

云髻峨峨，修眉联娟：云髻高耸，细眉弯弯。修眉，女子纤细的长眉；联娟，微微弯曲的样子。

奇服旷世，骨像应图：旷世，世无所有；应图，像画中的人一样。

披罗衣之璀粲兮，珥瑶碧之华琚：罗衣，轻软丝织品制成的衣服；珥，珠玉做的耳饰；瑶碧，两种玉的名字；华琚，刻有花纹的佩玉。

践远游之文履，曳雾绡之轻裾：文履，饰以文彩的鞋子；雾绡，薄雾似的轻纱。

左倚采旄，右荫桂旗：左倚彩旗，右侧有桂旗庇荫。旄，用牦牛尾做杆饰的旗子；桂旗，用桂木做旗杆的旗子。

攘皓腕于神浒兮，采湍濑之玄芝：攘，挽袖露出手臂；神浒，神仙游玩的水边；湍濑，水浅流急处；玄芝，黑色的灵芝。

余情悦其淑美兮，心振荡而不怡：我钟情于她的淑美，不觉心旌摇曳不安。

王羲之 《兰亭集序》

题 解

　　东晋永和九年（353）农历三月初三，在会稽山阴的兰亭，王羲之与谢安、孙绰、李充、许询、支遁等四十一位以文义冠世的名流举行了一次风雅集会。与会者临流赋诗，各抒才情，王羲之为这些诗作作了序文，以记录宴集的盛况。这次集会成就了"兰亭雅集"的千古佳话和王羲之《兰亭集序》的千古名篇。

作 者

　　王羲之（303—361），字逸少，东晋琅琊临沂（今山东临沂）人。他出身魏晋名门，是琅琊王氏子弟，因官至右军将军、会稽内史，又别称"王右军"。年少时，王羲之跟随叔父王廙和姨母卫夫人学习书法。王羲之个性放达，《晋书·王羲之传》和《世说新语》中都记载了他坦腹东床、被太尉郗鉴指为佳婿的美谈。王羲之在书法领域有极高的造诣，楷书、行书、草书皆有传世之作，以《乐毅论》《黄庭经》《兰亭序》《姨母帖》《丧乱帖》等最为著名，世称"书圣"。

59

注　释

永和九年：公元353年。古代纪年方式分为年号纪年和干支纪年，"永和九年"为年号纪年，"癸丑"为干支纪年。年号纪年从汉武帝开始，直至清末。

会稽：古代郡名，郡治在今江苏东南部及浙江西部；山阴，县名，今浙江绍兴；兰亭，位于绍兴西南，地名兰渚，渚有亭。

修禊事也：（为了）修禊这件事。禊，是一种祭礼。修禊是古代风俗之一，在三月上旬巳日这一天（所以称"上巳节"，魏以后固定在三月三日），人们临水以祭，沐浴熏香，以祓除不祥。

群贤毕至，少长咸集："群贤"指的是孙绰、谢安、支遁等人；"少"指的是王家子弟；"长"指的是自己和其他年长的人。古代"敬辞"不能用在自己身上，所以王羲之不能自称为"贤"。

引以为流觞曲水：引（激湍的清流）作为流觞的曲水。流觞曲水是古代风俗，每逢三月上巳，于环曲的水渠旁宴集，在水上放置酒杯（觞），杯流行停其前，当即取饮，即为流觞曲水。

列坐其次：列坐在曲水之旁。

所以游目骋怀：（通过仰观与俯察）以此来纵展视野、

开放胸怀。

或取诸怀抱，晤言一室之内；或因寄所托，放浪形骸之外：或将自己的心怀抱负，交言于自己的朋友；或完全寄托于自己的精神，而不受礼法的约束。

暂得于己：自己暂时得到了。

及其所之既倦：等到对其所得感到厌倦的时候。

况修短随化，终期于尽：何况寿数长短皆由天定，最后都将化为乌有。

契：古代把合同、总账、案卷、具结都称作"契"，契分两半，双方各执其一作为凭证。此处为比喻义，说的是跟古人的见解像两半契约那样相合。

固知一死生为虚诞，齐彭殇为妄作：这才知道把生死等同是虚妄之谈，把彭殇同视是矫饰之言。彭，指的是彭祖，据传他活了八百岁；殇，指的是幼年死去的人。这里主要针对的是庄子《齐物论》的观点。

郦道元 《水经注·江水》节选

题　解

　　《水经注》是一本注解《水经》的书，它虽以《水经》为纲，却极大补充了原书的内容，包括因水而衍生的地理、历史、人物、神话等，自成名作。清初学者刘献廷赞誉称："数千年之往迹故渎，如观掌纹而数家宝。更有余力铺写景物，片语只字妙绝古今，诚宇宙未有之奇书也。"全书共四十卷，起于《河水》，终于《渐江水 斤江水》，记载了一千多条大小河流，共计三十余万字。

　　本册内容选自卷三十四《江水》，描绘了重峦叠嶂、清荣峻茂的三峡风光，奇绝妙笔能让我们如临其境，一享来自三峡的视听盛宴。

作　者

　　郦道元（约470—527），字善长，北魏范阳涿县（今河北涿州）人。他文韬武略，胆识皆俱。为官时，他执法严厉，颇有威名，不避权贵，到任之处，权贵豪强、奸民盗贼都对他十分忌惮，他还曾受朝廷派遣平叛叛军。而使他名垂青史的，是他走遍山川、游历四方写下的《水经注》这一皇皇巨制。

注　释

三峡：是瞿塘峡、巫峡和西陵峡的总称，在重庆奉节和湖北宜昌之间。

自非亭午夜分：倘若不是正午和午夜的时候。

至于夏水襄陵，沿溯阻绝：而当夏季，大水漫上山陵的时候，上行和下行的航道皆被阻隔。沿溯，"沿"是顺流而下，"溯"是逆流而上。

白帝：古城名，故址在今重庆奉节东瞿塘峡口。

江陵：古城名，在今湖北荆州。

不以疾也：也没有这么快。

清荣峻茂：水清、树荣、山峻、草茂。

巴东：今重庆东部云阳、奉节、巫山一带。

魏　徵　《谏太宗十思疏》

题　解

性情刚正的魏徵，一直敢于直言，深得唐太宗的信任，常于卧榻之上与他讨论政事，魏徵也引太宗为知己，知无不言，甚至触犯天颜亦无惧无怕。这道疏文作于贞观十一年（637），同年，他还上过几道疏劝谏唐太宗。对于魏徵所谏之事，唐太宗大都予以采纳。贞观十七年（643），魏徵病逝，太宗登苑西楼，望丧车而哭，下诏百官相送，并亲自撰写碑文。他曾经对侍臣说："夫以铜为镜，可以正衣冠；以古为镜，可以知兴替；以人为镜，可以明得失。朕常保此三镜，以防已过。今魏徵殂逝，遂亡一镜矣！"

本文选自《旧唐书·魏徵传》。

作　者

魏徵（580—643），字玄成，曲城（一说"下曲阳"，今河北晋州）人，后来迁居相州内黄（今河南内黄）。年少时为避隋乱，曾出家为道士，而后跟随李密入唐军抗隋。他曾任太子洗马（太子出行时的前导）。玄武门之变后，李世民器重他的耿直，授其谏议大夫之职。魏徵不负所望，前后陈谏二百余事，为太宗剖析得失、褒贬世事。贞观年间，魏徵还曾领命撰修《隋书》。后世赞誉他："魏徵为相，不存形迹，以致贞观太平。"

注 释

谏太宗十思疏：谏，规劝尊长使他改正错误；太宗，唐太宗李世民；疏，奏疏，是臣下向国君陈述意见的一种文体。

知其不可：前面省略了"犹"字，即"（犹）知其不可"。

景命：上天授予帝王王位之命。景，大。

有善始者实繁，能克终者盖寡：善始的确实很多，但能够善终的大概没几个。克，能够；盖，副词，大概。

终苟免而不怀仁：最终只是苟且求免于罪，却不会感慕（皇上的）仁德。

载舟覆舟：典出《荀子·王制》，原文是："传曰：'君者舟也，庶人者水也。水则载舟，水则覆舟。'此之谓也。"

见可欲：看见能勾起自己欲望的东西。典出《老子》，原文是："不见可欲，使民心不乱。"诚，连词，如果。

三驱：指打猎时，围合三面，留一面作为走兽逃跑的生路，以示好生之德。典出《易·比》，原文是："九五，显比，王用三驱。"

九德：典出《尚书·皋陶谟》，原文是："宽而栗，柔而立，愿而恭，乱而敬，扰而毅，直而温，简而廉，刚而塞，强而义。"

王　维　《山中与裴秀才迪书》

题　解

　　王维的辋川别墅位于陕西蓝田的辋口，这里景色极美，有华子冈、柳浪、辛夷坞等名胜。王维常和裴迪、崔兴宗等人共游，以赋诗相酬为乐。这封信就是王维在蓝田山中写给裴迪的。裴迪原与王维同住在终南山，后来裴迪跟随王维的弟弟王缙到任蜀州，二人分别后，也经常有书信往来。除了本文，另有一首王维的《辋川闲居赠裴秀才迪》诗作，亦是名作佳篇。

作　者

　　王维（701—761），字摩诘，祖籍太原祁（今山西祁县）人，其父迁居蒲州（今山西蒲县）。唐玄宗时进士，官至给事中。安史之乱时，被叛军所俘，被迫接受伪职。长安收复后，王维也因此被贬官，后来又升为尚书右丞，世称"王右丞"。他笃信佛教，中年后居住在辋川别墅，过着半官半隐的生活。王维多才多艺，不仅文采风流，且擅于音声、精通书法、长于绘画。他的诗既有表现大漠之美的边塞诗，也有描绘田园风光的山水诗，苏轼称赞他"诗中有画，画中有诗"。

注 释

故山殊可过：断句应为"故山/殊/可/过"。殊，副词，很；过，拜访，此处引申为游览。这句话的意思是：辋川山很值得一游。

北涉玄灞：涉，渡水；玄灞，赤黑色的灞水。灞，渭河的支流，在陕西中部。

华子冈：和下文"辋水"，都是王维辋川别墅附近的山水。

与月上下：水中月影随水面清波轻摆，上下浮动。

轻鲦出水，白鸥矫翼，露湿青皋，麦陇朝雊。斯之不远：鲦，一种体形较小的鱼；矫，灵活，迅捷；皋，水田；朝雊，清晨野鸡的啼叫；斯之不远，这些景色已经近在眼前了。

非子天机清妙者，岂能以此不急之务相邀：如果不是您天资清妙，我又怎么会拿这种非紧急重要之事邀请您呢？

因驮黄蘗人往，不一：因为这封书信是拜托驮送黄蘗的人带给你的，所以不再一一详述了。黄蘗（bò），即黄檗。

欧阳修 《醉翁亭记》

题 解

北宋仁宗庆历（1041—1048）初年，杜衍等多位名臣因被诬陷为朋党而相继被罢官。庆历四年（1044），欧阳修写了一篇奏章指斥这些诬陷，即我们熟知的《朋党论》一文。庆历五年（1045），欧阳修继续上疏为他们辩解说："杜衍、韩琦、范仲淹、富弼，天下人都知道他们是可用的贤能，而不知道他们有能被罢免的罪行。自古小人陷害忠良，其借口并不深奥。想要大批地诬陷忠良，无外乎指责他们为朋党。这其中原因很简单，除掉一个贤臣，却还有多数贤臣在，小人就还没有达到目的。如果都除掉，却因为贤臣鲜有过失，难以一一求证，只有指认他们为一党，便可一网打尽"。因为这封上疏，欧阳修也被罗织罪名而贬为滁州太守。本文正是写于滁州太守任上，官场失意的欧阳修寄情山水，然而却并不消沉，他以民乐为己乐的爱民之心跃然纸上。

作 者

欧阳修（1007—1072），字永叔，自号醉翁。他幼年丧父，早年家贫，用芦荻作笔在地上学习写字，后举进士甲科，官至枢密副使、参知政事。在朝为官时，欧阳修被卷入党争，仕途曲折，几番被贬官。但无论在何处为官，均有斐然的政绩。回到朝廷后，他又任翰林学士，和宋祁等人一起修撰《新唐书》，自己修撰了《新五代史》。在文学上，他大力提倡古文，反对当时险怪奇涩的文风，在主持礼部科举考试时，选拔出了苏轼、苏辙等一批文风平实的举子。他本人在诗、词领域也极有造诣。晚年，他辞官退隐，自号"六一居士"，发愿"集古录一千卷、藏书一万卷、琴一张、棋一局、酒一壶，一老翁老于其间"。其谥号"文忠"，有《欧阳文忠公集》传世。

注　释

琅琊：山名，在今安徽滁州西南。山东诸城亦有山名琅琊。

酿泉：泉名。

太守自谓也：太守（指欧阳修）用自己的别号（醉翁）为亭子命名。

射：是宴会时常见的娱乐活动，主客依次把箭投向盛酒的壶口，以投中多少定胜负，负者饮酒。

觥筹交错：酒器和酒筹交互错杂，形容宴饮尽欢。觥，是盛酒或饮酒的酒器；筹，是酒令筹，用来计数的筹码。

颓然乎其间者：此处说的是，醉倒在众人之间。

乐其乐：以同行之人的快乐为自己的快乐。

庐陵：郡名，今江西吉安，是欧阳修的故乡。

《诗经》一首 《伯兮》

题 解

　　《诗经》是我国第一部诗歌总集，原称"诗""诗三百"，收录了西周初年至春秋中期五百多年的三百零五篇诗歌。因经由孔子删定整理，所以后来被尊奉为"经"，始称"诗经"。《诗》分为风、雅、颂三部分。"风"即国风，是各地民间的歌谣，又分为《周南》《召南》等十五国风，计一百六十篇；"雅"是朝廷宴飨的诗歌，又分为《小雅》和《大雅》，计一百零五篇；"颂"是朝廷祭祀的乐章，又分为《周颂》《鲁颂》和《商颂》，计四十篇。秦火之后，汉代的经学分为古文经和今文经两派，古文《诗经》有鲁、齐、韩三家，今文《诗经》仅有毛诗一家。但目前流传于世的仅剩毛诗一家了。孔子曾经说："小子何莫学夫《诗》？《诗》可以兴，可以观，可以群，可以怨。迩之事父，远之事君。多识于鸟兽草木之名。"道尽了学《诗经》的意义与价值。

　　《伯兮》是一位女子思念远征丈夫的诗，表达了思妇备受离别的煎熬。春秋时期，各国攻伐交战，互相吞并，男子出征已是常态，所以此类主题的诗在《诗经》中也较为多见。

注　释

伯兮朅兮：在周朝，女子称自己的丈夫为"伯"；朅，是"偈"的假借字，形容人健壮英武的样子。

伯也执殳，为王前驱：殳，古代兵器，竹制，形如竿；前驱，是战车两旁的保卫统帅。在当时，执殳的前驱，其官职称为"旅贲"，属于中士，级别很高，并不是一般的士卒。

岂无膏沐？谁适为容：并不是没有膏沐？可化妆又是为了取悦谁呢。膏沐，泽面为膏；洗发为沐。

愿言思伯，甘心首疾：愿言，念念不忘的样子；甘心，可理解为"痛心"；首疾，因思念引起的头痛。

谖草：即"萱草"，俗称金针菜，古人以为种植此草可以忘忧，因而也称忘忧草。

屈 原 《少司命》

题 解

屈原是一位伟大的浪漫主义诗人，他运用神话传说，借喻美人芳草，以楚地方言写出了一篇篇汪洋恣肆、笔致奔放的卓越诗篇，这种文体被后世称作"骚体"。汉代学者刘向将屈原和其后的作品辑录为《楚辞》。本文即选自《楚辞·九歌》。《九歌》共十一篇，原是楚国的民间祭歌，由屈原加工改编而成。《少司命》是《九歌》的第六首，是楚国人对掌管人间子嗣之神即少司命的祭歌。

作 者

屈原，名平，字原，又名正则，字灵均，战国楚人，是楚王的后裔。楚怀王时，他做过左徒、三闾大夫，对内制定政令、对外交涉诸侯，深得怀王的信任。但也因此招致嫉恨，听信了谗言的怀王渐渐疏远了屈原。屈原主张联齐抗秦的屈原，在秦楚联合之后被放逐。到顷襄王一朝，屈原再遭谗谤，也再次被流放。据《史记》记载，屈原流放时，在水边遇到渔父，渔父问他为何不随波逐流而惨遭放逐呢，屈原剖白说，我宁愿投身江水而葬身鱼腹，也不愿让自己高洁的品格蒙受世俗的污垢。在听闻楚都郢（今湖北江陵）失陷后，投身汩罗江而死。

注　释

秋兰兮麋芜，罗生兮堂下：秋日的兰草和麋芜，茂密地生长在厅堂之下。麋芜，香草名。

绿叶兮素华，芳菲菲兮袭予：绿的叶，白的花，浓郁的香气侵袭着我。

满堂兮美人，忽独与余兮目成：有满堂的美人啊，却独独与我眉目传情。

悲莫悲兮生别离，乐莫乐兮新相知：最悲伤的莫过于生别离，最快乐的莫过于结新知。

荷衣兮蕙带，倏而来兮忽而逝：着荷衣，佩蕙带，飘忽而来，倏忽而逝。荷衣，用荷叶裁制的衣裳；蕙带，用蕙草制作的佩带。

君谁须兮云之际：此句是倒装句，正常语序应为：云之际君须谁？意思是，站在云端你在等谁呢？

与女沐兮咸池，晞女发兮阳之阿：和你共同沐发于咸池，和你共同晒发于阳阿。阳之阿，即"阳阿"，传说中的山名，是朝阳初升时经过的地方；咸池，神话中太阳洗澡的地方。

孔盖兮翠旌，登九天兮抚彗星：登上孔盖之车，扬起翠旌之旗，飞上九天，以抚彗星。孔盖，用孔雀羽毛装饰的车盖；翠旌，用翠鸟羽毛装饰的旌旗。

　　竦长剑兮拥幼艾，荪独宜兮为民正：手执长剑，护幼艾入怀，只有你能做万民的主宰。

西洲曲

题　解

《西洲曲》取自南朝乐府民歌，是乐府中的名篇，大约作于梁武帝时期，最早辑录于北宋时期的《乐府诗集》中。西洲曲，是乐府的曲调名。这是一首以女子视角和口吻来表达对爱人相思的情歌，被誉为"言情之绝唱"。

作　者

《西洲曲》的作者历来最有争议，《玉台新咏》将其题为"江淹"所作，《古诗源》则将其署名"梁武帝"，《乐府诗集》则认为它是一首民间歌辞。目前，以后一种说法最为学界所认可。

注　释

忆梅下西洲，折梅寄江北：此处说的是，沉浸在回忆中的女子，折了一枝梅花送给远在江北的爱人。折花赠远，是古代的传统习俗，采花送给异性以表达思慕之情。

单衫杏子红，双鬓鸦雏色：此二句描写的是女子仪容。

门中露翠钿：女子以为爱人远归，伸出头在门口张望时，露出了一支翠钿。

　　莲子青如水：双关语，"莲"与"怜"、"青"与"清"均为谐音，表明了对爱人的爱怜和如清水一般澄澈的品德。

　　置莲怀袖中，莲心彻底红：莲子放在怀袖中，由绿变红，一是呼应前文杏子红的单衫，二写女子之爱的赤诚。

　　卷帘天自高，海水摇空绿：这两句是说，女子卷帘之后，因为不见爱人，所以对窗外景色兴致索然，任天自高、凭水空摇，不为所动。

张九龄 《望月怀远》

题 解

这是一首望月怀人的名作。阴晴圆缺的月亮是悲欢离合人间的写照，所以常被用来作为思念亲人的意象。全诗既有辽阔的意境，也有闺阁的细腻；既有天涯人共日月的大气，也有以月光相赠的心思奇巧。诗文和雅清淡，余味袅袅，"海上生明月，天涯共此时"更是传诵千古的名句。

作 者

张九龄，字子寿，一名博物，韶州曲江（今广东韶关）人。武后朝进士，得到当时中书令张说的赏识，得到多次擢升，后来张说被弹劾，张九龄也被外任地方。张说去世后，张九龄奉诏回朝，官至中书令，还被加授金紫光禄大夫，晋封为始兴县伯。这也使得他受到不学无术的李林甫的忌惮，遂被罢相贬官。他为官守正嫉邪，敢言直谏，是一代贤相。在文学上，他的诗格雅丽，诗品醇厚，抒怀感事，寄托深远，有《曲江集》传世。

注　释

灭烛怜光满：吹熄蜡烛，是因为怜爱这盈满屋子的月光。

不堪盈手赠：不能将满捧的月光与你相赠。

王 湾 《次北固山下》

题 解

这是作者游历吴中时写下的一首寓情于景的五言律诗。北固山在今江苏镇江东北，山有南、中、北三峰，北峰三面临江，最是险要，所以取名"北固"。诗人站于北固山下，远望是青山叠翠，眼前是绿水碧波，潮平岸阔，风正帆悬。虽然客旅于外，但是并无悲戚之情，因为衰亡中也孕育着希望，正如旭日生于残夜，春意起于年末。这既是诗人的豪迈，也是盛唐的恢宏。

作 者

王湾，唐朝诗人，洛阳人。唐玄宗先天年间（712—713）进士，曾任荥阳主簿、洛阳尉。流传后世的诗作不多，《全唐诗》录存其诗十首。

注 释

江春入旧年：这一年还未过，在江边已有春意萌发。

高 适 《别董大》其一

题 解

　　《别董大》是一组赠别诗，一共有两首，此为第一首。董大，一般认为是唐朝著名琴师董庭兰，因在兄弟中行一，故名"董大"。古代赠别诗表达的情感不一，有不诉离恨的"青山一道同云雨，明月何曾是两乡"（王昌龄的《送柴侍御》），也有情凄意切的"一看肠一断，好去莫回头"（白居易《南浦别》)(《别董大》其二），还有豪迈豁达的"莫愁前路无知己，天下谁人不识君"。但无论是何种情感，都饱含着诗人对赠别之人深深的情谊。

作 者

　　高适（约700—765），字达夫，渤海蓨（今河北景县）人，是名将高偘之孙。但高适少时生活落魄，甚至以乞讨为生，直到不惑之年，才被举荐参加科举而中第。安史之乱后，他屡为刺史、节度使，对军旅生活十分熟悉。"战士军前半死生，美人帐下犹歌舞"（《燕歌行》）就是他亲历的事情。回朝后，任左散骑常侍，封渤海县侯。有《高常侍集》传世。

注　释

黄云：塞外黄沙漫天，所以云呈黄色。

白居易　《忆江南》

题　解

　　白居易在朝廷供职时，常常受人排挤，其政治建议得不到采纳，所以多次请求外任地方。长庆二年（822），白居易被任杭州刺史，任满后回朝，后又出任苏州刺史。出任地方官时，在解民忧、纾民困之余，他遍游江南美景。这首小词就是他回忆当年在江南生活的一首佳作。全词只有短短数字，却勾勒了一幅鲜艳夺目的江南胜景。

作　者

　　白居易（772—846），字乐天，自号香山居士、醉吟先生，祖籍山西太原，后来迁居下邽（今陕西渭南）。唐德宗朝进士，官至左拾遗、左赞善大夫，后被贬官，又任杭州刺史、苏州刺史，政绩斐然，以刑部尚书致仕。他主张"文章合为时而著，歌诗合为事而作"，所以写了很多针时之弊、补政之缺的诗，但是这些诗作并没有给他带来更多的信任，反而因为得罪当权者而一再被排挤。他的诗言浅思深、意微词显，老妪能解，是唐朝最伟大的诗人之一。有《白香山集》传世。

柳宗元 《江雪》

题 解

《江雪》勾勒了一幅意境旷远辽阔的山水画，画中天地安静，千山阒寂，万径无声，唯有一舟一翁于江上独钓，傲然于天地之间。

作 者

柳宗元（773—819），字子厚，祖籍河东郡（今山西永济），世称"柳河东"。柳宗元出身望族河东柳氏，家世显扬。唐德宗朝进士，因参与永贞革新被擢升，又因革新失败被贬，后出任柳州刺史。他与韩愈共同倡导古文运动，反对讲究对偶、辞藻的骈文，提倡质朴自由的古文。他的文章多学西汉，峭拔矫健，有《河东先生集》传世。

柳　永　《八声甘州》

题　解

　　《八声甘州》是柳永的代表词作之一，表现了"游宦成羁旅"的凄清和思乡怀亲的愁绪，这也是他善写的主题之一。作者潦倒一生，离愁别绪贯穿了他词作的始终，文字中深深交织着他的困苦和失意之情。但是这些困苦和失意又聚成了一粒沙，病蚌中孕育出了华美的珍珠。这首词笔力苍劲健朗，意境深远辽阔，上片展现了暮秋雨后景色的萧瑟凋敝，"渐霜风凄紧，关河冷落，残照当楼"，是写秋景的千古名句；下片景色聚焦于故乡妆楼，离愁相思之情溢出纸面，无限蔓延，让远在天边的游子思妇隔空对望，断人心肠。

作　者

　　柳永（约987—1053），原名三变，字景庄，后改名永，字耆卿，崇安（今福建武夷山）人。宋仁宗朝进士，官至屯田员外郎，世称"柳屯田"。他为人放荡不羁，仕途坎坷不平，终生潦倒。失意困顿的他，流连于歌楼妓馆，所以其词作大多表现羁旅行役和歌妓生活，善写别情，也善用冷落的秋景渲染离愁别绪。词史上，柳永发展了长调，创作了大量篇幅较长、句子错综的慢词，同时也善用民间的俚语反映中下层市民的生活情态，正因如此，他的词也得到了广泛的传唱，"凡有井水处，皆能歌柳词"，有词集《乐章集》传世。

注　释

一番洗清秋：经过一番风雨的洗涤，才有这天清气朗的秋天。

误几回、天际识归舟：想象中故乡的爱人在妆楼遥望天际，多次误认我归家的小舟。典出谢朓《之宣城郡出新林浦向板桥》，原句为"天际识归舟，云中辨江树"。

宋 祁 《玉楼春》

题 解

这是一首游春、乐春、惜春之词。词的上片渲染了春日的大好风光，柳绿杏红，烂漫的春色无边无际，"闹"字更是写尽了春意的浓烈欢快；词的下片以说理的形式，劝人享受时光，挣脱于金钱的枷锁，最后两句又以景色为譬喻，劝人享珍惜时光，提升了整首词的意境。"红杏枝头春意闹"是古今名句，也因此句，作者宋祁被称为"红杏尚书"。

作 者

宋祁（998—1061），字子京，幼居安陆（今湖北安陆），后迁居雍丘（今河南杞县）。宋仁宗朝与兄长宋庠同登进士，昆季同芳，世称"二宋"。宋祁官任翰林学士、史馆修撰，与欧阳修等共修《新唐书》，书成，进工部尚书、翰林学士承旨。谥号"景文"，有《宋景文集》传世。

注 释

浮生：比喻人生在世，虚浮不定。典出《庄子·刻意》，原文是："其生若浮，其死若休。"

　　肯爱千金轻一笑：怎么会只爱惜千金财富而不顾生活的欢乐呢？

22

秦 观 《鹊仙桥》

题 解

这首词又名"七夕",是根据民间流传的牛郎织女故事而写的。传说,天上的织女会于七夕这一天渡过银河,与牛郎站在由喜鹊搭成的鹊桥上相会。魏晋以来,题写这一主题的诗词很多。这首《鹊仙桥》不落俗套,别具特色,"两情若是久长时,又岂在朝朝暮暮",是古往今来被反复歌咏的名句。

作 者

秦观(1049—1100),字少游、太虚,号淮海居士,高邮(今江苏高邮)人。宋神宗朝进士,曾任太学博士、秘书省正字,与黄庭坚、晁补之、张耒合称"苏门四学士"。北宋年间,党派林立、党争迭起,恩宠得失,朝至夕改,与苏轼过从甚密的秦观被视为旧党一派,所以在政治上接连遭受打击,被贬斥到遥远的西南,最后死于放还的路上。秦观的词文辞雅致,情韵兼胜,后人曾赞誉他说:"子瞻(苏轼)辞胜乎情,耆卿(柳永)情胜乎辞;辞情相称者,唯少游一人而已。"但也有人批评他气格不高,纤巧无力。

注　释

　　飞星传恨：被银河阻隔的牛郎和织女二星，传递出不能相见的离恨。

周邦彦 《苏幕遮》

题 解

这是一首思乡怀人之作。全词以写景起兴，雨后夏季的清晨，沉香四溢，暑热消退，鸟雀啼鸣，风荷共舞，一派清丽明快的景象；再由景入情，眼前荷花与梦中芙蕖相辉映，仿佛时空发生了转换，小楫轻舟，梦回故土。全词无雕无琢，清新淡雅，借景抒情，情景相融。

作 者

周邦彦（1056—1121），字美成，自号清真居士，钱塘（今浙江杭州）人。宋神宗时，敬献歌颂新法的《汴都赋》万余言，得到皇帝的赏识，被提拔为太学正，而后宦海沉浮，历仕神宗、哲宗、徽宗三朝。他的词富艳精工，风格与柳永相近，擅长写景和咏物，也有描写闺阁、羁旅的内容。在词的写作上，他推崇曲折回环的书写方式，同时也将宋词俚俗的传统推向典雅、含蓄。有《清真居士集》，已佚，今存《片玉集》。

注　释

侵晓窥檐语：鸟儿站立在檐头，左右张望，放声啼叫。

水面清圆，一一风荷举：水面上一片片清新苍翠的圆形荷叶，好似在风中被擎举着。

吴门：此处指作者的故乡，是春秋时吴国的故地。

长安：今陕西西安，是汉唐的京城，此处借指宋朝的汴京（今河南开封）。

李清照 《一剪梅》

题 解

据《琅嬛记》记载，这首词写于李清照和赵明诚新婚后不久。当时赵明诚负笈远游，李清照用锦帕书《一剪梅》以寄之。实际上，这首词作于崇宁四年（1105），这已是她和赵明诚成婚的第四年了。这首词是李清照早期最出色的词作之一，抒写爱情的笔触大胆、清新自然，全无斧凿痕迹，出现的意象也多是常见的景物，但却饱含着浓浓的相思之情。

作 者

李清照（1084—1155），号易安居士，章丘（今属山东）人。她出身于书香门第，少时生活优裕，后来嫁给赵明诚，夫妻二人相濡以沫、琴瑟和鸣，数十年如一日地从事《金石录》的搜集工作。北宋末年，朝廷内忧外患，宋徽宗起用蔡京为相，排挤元祐士人，其中就有李清照的父亲。后金人南侵，宋室南渡，不久她的丈夫就去世了，李清照也过上了颠沛流离的孤苦生活。所以，她的词作格调也呈现出完全不同的两种风格，早期的作品新颖活泼，雅趣横生，在遭遇国破家亡之后，她的作品既有黍离之悲，也有悼亡之痛。有《漱玉词》传世。

注　释

红藕香残玉簟秋：荷落香消的秋季，已不需要再使用竹席了。

一种相思，两处闲愁：指的是丈夫和妻子分别两地，他们都是一样的思念彼此。

萨都剌 《满江红·金陵怀古》

题　解

　　怀古，是古诗词常见的题材之一，多是忧国伤时、感慨世事之作，这首词是作者在六朝古都金陵唱出的哀古之歌。当时，金陵在六朝鼎盛时期的繁华已不复存在，只有堂前燕子、乱鸦斜日不改从前，只有青碧的蒋山、清澈的秦淮河一如往昔。全词读来令人感慨万千，荡气回肠。

作　者

　　萨都剌，字天赐，号直斋，西域人，居雁门（今山西代县）。元泰定年间进士，官至南台侍御史。兼擅诗词，皆为名家，有《雁门集》传世。

注　释

　　六代：即"六朝"，包括三国吴，东晋，南朝宋、齐、梁、陈。金陵（今南京）是六朝古都。

　　王谢堂前双燕子，乌衣巷口曾相识："王谢"是东晋时期两家门阀士族琅琊王氏和陈郡谢氏，两大家族冠冕相继、名士辈出，他们当时住在乌衣巷，煊赫一时。此二句典出刘禹锡《乌衣巷》，原文是："旧时王谢堂前燕，飞入寻常百姓家。"

玉树歌：南朝陈后主陈叔宝曾作《玉树后庭花》一诗，这首诗历来被视为亡国之音。

胭脂井：即南朝陈景阳宫的景阳井，隋兵南下，后主与其妃张丽华、孔贵嫔躲入其中，后被隋军所俘，故而又名"辱井"。井有石栏，呈红色，附会者说是被胭脂所染，所以称其为"胭脂井"。

蒋山青，秦淮碧：蒋山，即钟山，又名紫金山，在南京市东北；秦淮，河名，流经南京。

篇目	篇目来源	版本信息	出版社	出版年份
1	《论语》	《论语译注》杨伯峻译注	中华书局	1980
2	《老子》	《老子注译及评介》陈鼓应著	中华书局	1984
3	《孟子》	《孟子正义》焦循撰 沈文倬点校	中华书局	1987
4	《礼记》	《十三经注疏》阮元校刻	中华书局	1980
5	诸葛亮《诫子书》	《诸葛亮集》段熙仲、闻旭初编校	中华书局	1960
6	曹植《洛神赋》	《三曹集》张溥辑评 宋效永校点	岳麓书社	1992
7	王羲之《兰亭集序》	《晋书》房玄龄等撰	中华书局	1974
8	郦道元《水经注·江水》	《水经注》郦道元撰 陈桥驿点校	上海古籍出版社	1990
9	魏徵《谏太宗十思疏》	《古文观止》吴楚材、吴调侯选注	中华书局	1959
10	王维《山中与裴秀才迪书》	《王右丞集笺注》王维撰 赵殿成笺注	上海古籍出版社	1984
11	欧阳修《醉翁亭记》	《欧阳修选集》陈新、杜维沫选注	上海古籍出版社	1986
12	《诗经》	《诗经注析》程俊英、蒋见元著	中华书局	1991
13	屈原《少司命》	《屈原集校注》金开诚、董洪利、高路明著	中华书局	1996
14	《西洲曲》	《先秦汉魏晋南北朝诗》逯钦立辑校	中华书局	1983
15	张九龄《望月怀远》	《全唐诗》彭定求等编	中华书局	1960
16	王湾《次北固山下》	《全唐诗》彭定求等编	中华书局	1960
17	高适《别董大》	《全唐诗》彭定求等编	中华书局	1960
18	白居易《忆江南》	《白居易选集》王汝弼选注	上海古籍出版社	1980
19	柳宗元《江雪》	《柳河东集》柳宗元著	上海人民出版社	1974
20	柳永《八声甘州》	《宋词选》胡云翼选注	上海古籍出版社	1982
21	宋祁《玉楼春》	《全宋词简编》唐圭璋选编	上海古籍出版社	1986
22	秦观《鹊桥仙》	《全宋词简编》唐圭璋选编	上海古籍出版社	1986
23	周邦彦《苏幕遮》	《宋词选》胡云翼选注	上海古籍出版社	1982
24	李清照《一剪梅》	《李清照集校注》王仲闻校注	人民文学出版社	1979
25	萨都剌《满江红·金陵怀古》	《全金元词》唐圭璋编	中华书局	1979

作者作品年表

（以作者主要生活年代、成书年代为参考）

西周（前 1046—前 771）		《诗经》
东周① （前 770— 前 256）	春秋（前 770—前 476）	管子（？—前 645） 老子（约前 571—？） 孔子（前 551—前 479） 孙子（约前 545—约前 470）
	战国（前 475—前 221）	墨子（前 476 或前 480—前 390 或前 420） 孟子（约前 372—前 289） 庄子（约前 369—前 286） 屈原（约前 340—前 278） 公孙龙（约前 320—前 250） 荀子（约前 313—前 238） 宋玉（约前 298—前 222） 韩非子（约前 280—前 233） 吕不韦（？—前 235） 《黄帝四经》 《吕氏春秋》 《左传》 《列子》 《国语》 《尉缭子》 《易传》
秦（前 221—前 206）		李斯（？—前 208）
汉 （前 206— 公元 220）	西汉②（前 206—公元 25）	贾谊（前 200—前 168） 韩婴（约前 200—约前 130） 司马迁（约前 145—？） 刘向（约前 77—前 6） 扬雄（前 53—公元 18） 《礼记》 《淮南子》
	东汉（25—220）	崔瑗（77—142） 张衡（78—139） 王符（约 85—162） 曹操（155—220）
三国（220—280）		诸葛亮（181—234） 曹丕（187—226） 曹植（192—232） 阮籍（210—263） 傅玄（217—278）

晋 （265—420）	西晋（265—317）	李密（224—287） 左思（约250—约305） 郭象（约252—312）
	东晋（317—420）	王羲之（303—361，一说321—379） 陶渊明（约365—427）
南北朝 （420—589）	南朝（420—589）	范晔（398—445） 陶弘景（456—536） 刘勰（约465—约532）
	北朝（386—581）	郦道元（约470—527） 颜之推（531—约590）
隋（581—618）		魏徵（580—643）
唐③（618—907）		骆宾王（约626—684以后） 王勃（约650—约676） 杨炯（650—?） 贺知章（约659—约744） 陈子昂（659—700） 张若虚（约670—约730） 张九龄（678—740） 王之涣（688—742） 孟浩然（689—740） 崔颢（?—754） 王昌龄（698—756） 高适（约700—765） 王维（701—761） 李白（701—762） 杜甫（712—770） 岑参（约715—约769） 张志和（732—774） 韦应物（约737—792） 孟郊（751—814） 韩愈（768—824） 刘禹锡（772—842） 白居易（772—846） 柳宗元（773—819） 李贺（790—816） 杜牧（803—852） 温庭筠（812?—866） 李商隐（约813—约858）
五代十国（907—979）		李璟（916—961） 李煜（937—978）

作者作品年表

宋 （960—1279）	北宋（960—1127）	柳 永（约 987—1053） 范仲淹（989—1052） 晏 殊（991—1055） 宋 祁（998—1061） 欧阳修（1007—1072） 苏 洵（1009—1066） 周敦颐（1017—1073） 司马光（1019—1086） 曾 巩（1019—1083） 张 载（1020—1077） 王安石（1021—1086） 程 颐（1033—1107） 李之仪（1048—约 1117） 苏 轼（1037—1101） 黄庭坚（1045—1105） 秦 观（1049—1100） 晁补之（1053—1110） 周邦彦（1056—1121） 李清照（1084—1155） 陈与义（1090—1139）
	南宋（1127—1279）	岳 飞（1103—1142） 陆 游（1125—1210） 杨万里（1127—1206） 朱 熹（1130—1200） 张孝祥（1132—1170） 陆九渊（1139—1193） 辛弃疾（1140—1207） 姜 夔（约 1155—1221） 陈 亮（1143—1194） 丘处机（1148—1227） 叶绍翁（1194—1269） 文天祥（1236—1283）
元④（1206—1368）		关汉卿（约 1234 前—约 1300） 马致远（约 1250—1321 以后） 张养浩（1270—1329） 王 冕（1287—1359） 萨都剌（约 1307—1355？）

明（1368—1644）	宋濂（1310—1381） 刘基（1311—1375） 于谦（1398—1457） 钱鹤滩（1461—1504） 王阳明（1472—1529） 杨慎（1488—1559） 归有光（1507—1571） 汤显祖（1550—1616） 袁宏道（1568—1610） 张岱（1597—约 1676） 黄宗羲（1610—1695） 李渔（1611—1680） 顾炎武（1613—1682）
清⑤（1616—1911）	徐灿（约 1618—约 1698） 纳兰性德（1655—1685） 彭端淑（约 1699—约 1779） 袁枚（1716—1797） 戴震（1724—1777） 龚自珍（1792—1841） 魏源（1794—1857） 曾国藩（1811—1872） 康有为（1858—1927） 谭嗣同（1865—1898） 梁启超（1873—1929） 秋瑾（1875—1907） 王国维（1877—1927）

说明

　　① 一般来说，把公元前 770—公元前 476 年划为春秋时期；把公元前 475—公元前 221 年划为战国时期。

　　②9 年，王莽废汉帝自立，改国号为"新"；23 年，王莽"新"朝灭亡，刘玄恢复汉朝国号，建立更始政权；25 年，更始政权覆灭。

　　③690 年，武则天称帝，改国号为"周"；705 年，武则天退位，恢复国号"唐"。

　　④1206 年，铁木真建立大蒙古国；1271 年，忽必烈定国号为元。

　　⑤1616 年，努尔哈赤建立后金；1636 年，改国号为清；1644 年，明朝灭亡，清军入关。

出版后记

　　"中华古诗文经典诵读工程"于1998年由中国青少年发展基金会发起。作为诵读工程指定读本的《中华古诗文读本》于同年出版。二十五年来，"中华古诗文经典诵读工程"影响了数以千万计的读者，《中华古诗文读本》因之风行并被称誉为"小红书"。

　　为继续发挥"小红书"的影响力，方便读者从中汲取中华优秀传统文化的养分，中国青少年发展基金会、中国文化书院、陈越光先生与中国大百科全书出版社决定再版"小红书"，并且同意再版时秉持公益精神，践行社会责任，以有益于中华传统文化普及与中小学生文化素养提高为首要目标。

　　"小红书"已出版二十五年。为给读者更好的阅读体验，在确保核心文本不变的前提下，我们征求并吸取了广大读者的意见，最后根据意见确定了以下再版原则：版本从众，尊重教材；注音读本，规范实用；简注详注，相得益彰；准确诵读，规范引领；科学护眼，方便阅读。可以说，这是一套以中小学生为中心的中国经典古诗文读本。

　　"小红书"以其中国特色、中国风格、中国气派、中国思想而备受读者青睐，使其畅销多年而不衰。三百余篇中国经典古诗文，不仅是中华民族基本思想理念的经典诠释，也是中华儿女道德理念和规范的精彩呈现。前者如革故鼎新、与时俱进的思想，脚踏实地、实事求是的思想，惠民利民、安民富民的思想等；后者如天下兴亡、匹夫有责的担当意识，精忠报国、振兴中华的爱国情怀，崇德向善、见贤思齐的社会风尚等。细细品之，甘之如饴。

四十余年来，中国大百科全书出版社坚守中华文化立场，一心一意为读者出版好书，积极倡导经典阅读。这套倾力打造的《中华古诗文读本》值得中小学生反复诵读，希望大家喜欢。

由于资料及水平所限，书中不妥之处在所难免，敬请读者批评指正，我们将不胜感激！

2023 年 6 月 6 日